ESCOLHA SUA AVENTURA

{ VIAGEM AO FUNDO DO MAR }

ESCOLHA SUA AVENTURA

VIAGEM AO FUNDO DO MAR

R. A. MONTGOMERY

Tradução
Carolina Caires Coelho

2ª edição

Rio de Janeiro-RJ / Campinas-SP, 2015

VERUS
EDITORA

Editora: Raïssa Castro
Coordenadora Editorial: Ana Paula Gomes
Copidesque: Anna Carolina G. de Souza
Revisão: Aline Marques, Ana Paula Gomes e Gabriela Lopes Adami
Capa e Ilustrações: Weberson Santiago
Assistente de Arte: Giordano Barros
Projeto Gráfico: André S. Tavares da Silva

Título original: *Journey Under the Sea*

ISBN: 978-85-7686-243-7

Copyright © R. A. Montgomery, Warren, Vermont, 1978
Copyright © Chooseco, 2006
Todos os direitos reservados.

Tradução © Verus Editora, 2013
Direitos reservados em língua portuguesa, no Brasil, por Verus Editora. Nenhuma parte desta obra pode ser reproduzida ou transmitida por qualquer forma e/ou quaisquer meios (eletrônico ou mecânico, incluindo fotocópia e gravação) ou arquivada em qualquer sistema ou banco de dados sem permissão escrita da editora.

Verus Editora Ltda.
Rua Benedicto Aristides Ribeiro, 41, Jd. Santa Genebra II, Campinas/SP, 13084-753
Fone/Fax: (19) 3249-0001 | www.veruseditora.com.br

CIP-BRASIL. CATALOGAÇÃO NA FONTE
SINDICATO NACIONAL DOS EDITORES DE LIVROS, RJ

M791v

Montgomery, R. A., 1936-
　Viagem ao fundo do mar / R. A. Montgomery ; tradução Carolina Caires Coelho ; [ilustrações Weberson Santiago]. - 2. ed. - Campinas, SP : Verus, 2015.
　il. ; 21 cm　(Escolha sua Aventura ; 2)

Tradução de: Journey Under the Sea
ISBN 978-85-7686-243-7

1. Ficção infantojuvenil americana. I. Santiago, Weberson, 1983-. II. Coelho, Carolina Caires. III. Título. IV. Série.

13-00414　　　　　　　　　　　　　　　　　　　　CDD: 028.5
　　　　　　　　　　　　　　　　　　　　　　　　　CDU: 087.5

Revisado conforme o novo acordo ortográfico

Impresso no Brasil pelo Sistema Cameron da Divisão Gráfica da
DISTRIBUIDORA RECORD DE SERVIÇOS DE IMPRENSA S.A.

Para Anson e Ramsey
e
para Avery, Lila e Shannon

{ PRESTE ATENÇÃO E TOME CUIDADO! }

Este livro é diferente dos outros.

Você e **SÓ VOCÊ** é responsável
pelo que acontece na história.

Há perigos, escolhas, aventuras e consequências. VOCÊ deve usar os seus vários talentos e grande parte da sua enorme inteligência. A decisão errada pode acabar em tragédia — até em morte. Mas não se desespere! A qualquer momento, VOCÊ pode voltar atrás e tomar outra decisão, mudar o rumo da história e ter outro resultado.

Agora, entre no belo e misterioso mundo de Atlântida... Você pode se tornar famoso e decidir nunca mais voltar à terra, ou pode não ter a chance de tomar essa decisão.

O que quer que aconteça, boa sorte!

1

Você é um explorador do fundo do mar procurando a famosa cidade perdida de Atlântida. E esta é a sua mais desafiadora e perigosa missão. O medo e a ansiedade são seus companheiros a partir de agora.

O sol da manhã surge no horizonte. O mar está calmo. Com seus equipamentos especiais, você entra no estreito compartimento do piloto do veículo subaquático *Seeker*. A tripulação do navio de pesquisa *Maray* fecha as portinholas. Agora tem início o mergulho nas profundezas do mar. A tripulação do *Maray* começa a baixar o *Seeker* por um cabo fino, porém resistente. Em minutos, você está tão fundo no oceano que vê pouca iluminação. Você espia pela grossa portinhola de vidro e vê estranhos peixes brancos à deriva, às vezes parando para olhá-lo — um intruso de outro mundo.

Vá para a próxima página.

2

O cabo que prende você ao *Maray* está esticado ao máximo. Você está parado em uma saliência perto do desfiladeiro no fundo do mar que, de acordo com uma antiga lenda, leva à cidade perdida de Atlântida.

Você tem um traje de mergulho experimental feito para protegê-lo da enorme pressão da água nas profundezas. Com ele, você deve ser capaz de sair do *Seeker* e explorar o fundo do oceano. O novo macacão tem vários microprocessadores modernos que oferecem diversas funções úteis. Inclui até um minicomputador portátil com comunicação a laser.

Você pode se soltar do cabo; o *Seeker* é autopropulsionado. Agora você está em outro mundo. Lembre-se: é um mundo perigoso, desconhecido.

Conforme combinado, você sinaliza ao *Maray*:

— Todos os sistemas prontos. Aqui embaixo é maravilhoso.

Se decidir explorar a saliência na qual o *Seeker* parou, vá para a página 5.

Se decidir se soltar do *Maray* e mergulhar com o *Seeker* para dentro do desfiladeiro no fundo do mar, vá para a página 4.

3

Manobrando cuidadosamente o *Seeker* entre as paredes do desfiladeiro, você descobre um enorme buraco redondo. Há um fluxo de grandes bolhas saindo dali sem parar. O *Seeker* tem um equipamento científico para analisar as bolhas e aparelho de sonar capaz de calcular a profundidade. O mar cobre quase noventa por cento da superfície terrestre e é praticamente desconhecido. Quem sabe aonde esse buraco pode levar?

Se você decidir analisar as bolhas, vá para a página 7.

Se decidir fazer as medições de profundidade, vá para a página 11.

4

O *Maray* pede um relatório mais detalhado da situação, e você responde, dizendo que vai se soltar do cabo e descer sozinho.

A permissão é concedida, e o *Seeker* desce silenciosamente para dentro do desfiladeiro subaquático.

Enquanto isso, você aciona o potente holofote de busca do veículo. Mais à frente, há uma parede escura coberta com um tipo desconhecido de crustáceos. Do lado esquerdo (bombordo), você vê o que parece ser uma gruta. A entrada é perfeitamente redonda, como se tivesse sido aberta por mãos humanas.

Os peixes-lanterna emitem uma luz pálida, esverdeada. À direita (estibordo) do *Seeker*, você vê bolhas saindo constantemente da base do desfiladeiro.

Se quiser investigar as bolhas, vá para a página 3.

Se decidir entrar na gruta de abertura redonda, vá para a página 6.

5

A roupa de mergulho é justa e você demora certo tempo para vesti-la. Por fim, sai da cabine pressurizada do *Seeker* e pisa no fundo do mar. É um mundo estranho e maravilhoso, no qual todos os movimentos se tornam mais lentos. Você começa a exploração com o holofote de halogênio. A saliência acima do desfiladeiro é seu ponto de partida.

Uma estranha sensação toma conta de você — é como um alerta, um pavor... E então você vê. O *Seeker* está nas garras de um enorme monstro do mar! Parece uma lula, mas é enorme.

O *Seeker* mais parece um brinquedo naqueles longos e poderosos tentáculos. Você procura abrigo atrás de uma formação rochosa, ciente de que o arpão que carrega vai ser inútil contra o monstro. Parece que ele vai destruir o *Seeker*. Peixes de todos os tamanhos nadam com você, tentando fugir da criatura.

Se você continuar escondido perto do *Seeker*, vá para a página 8.

Se tentar escapar, na esperança de que a tripulação o veja e o resgate, vá para a página 9.

6

Você conduz o *Seeker* pela entrada circular da gruta. Ali dentro, a iluminação capta o que parecem ser píeres e docas ao longo das paredes. O holofote de busca não é muito forte, mas você tem um laser especial que iluminaria a gruta por completo. Infelizmente, ele só pode ser usado duas vezes por curtos períodos, pois precisa ser recarregado a bordo do *Maray*, que agora está na superfície, mais de quinhentos metros acima.

Se você decidir usar o laser, vá para a página 13.

Se decidir entrar ainda mais na gruta, vá para a página 10.

7

Você veste a roupa de mergulho. Fora do *Seeker*, usa seu minicomputador de pulso para analisar as bolhas. Enquanto trabalha, você esbarra sem querer em uma válvula, que libera o ar comprimido necessário para fazer o *Seeker* subir à superfície. Não há nada que você possa fazer quanto a isso, então continua analisando as bolhas. Elas têm alta porcentagem de oxigênio e nenhum gás venenoso. Talvez venham de uma região sob o mar onde seres parecidos com os humanos conseguem viver e respirar? Talvez venham de Atlântida!

Você poderia tentar usar o braço de perfuração do *Seeker* para aumentar a fonte das bolhas e conseguir explorar melhor. Mas você também está preocupado com a perda de capacidade de retorno à superfície por ter batido na válvula. Você pode tentar prender as bolhas e usá-las para elevar o veículo.

Se tentar coletar as bolhas que saem do buraco para encher os tanques do *Seeker*, vá para a página 20.

Se decidir perfurar, vá para a página 16.

8

A lula gigante vira e revira o *Seeker*, mas, por fim, a criatura se cansa da brincadeira e o lança com um enorme jato de água. Agora você está livre para deixar o esconderijo e examinar o seu veículo para ver se houve algum dano.

Para seu espanto, a entrada da cabine pressurizada foi fechada. Você está trancado para fora! A tripulação do *Maray*, no entanto, suspeitou que você estivesse tendo problemas, pois você não respondeu a uma chamada de rotina pelo rádio. Eles agora estão baixando uma plataforma de escape. Quando você chega à plataforma, envia um sinal de rádio para que comecem a puxá-lo de volta. Para evitar descompressões mortais — isto é, a rápida expansão das bolhas de nitrogênio em seu sangue —, eles terão de subi-lo muito lentamente.

Justo quando a plataforma começa a se mover, a lula gigante reaparece de repente. Ela segue em sua direção.

Se decidir usar o arpão e lutar com a lula, na esperança de assustá-la, vá para a página 12.

Se optar por sinalizar ao *Maray* para que puxem você com velocidade, ciente do risco de descompressão, vá para a página 14.

9

Movendo-se com cuidado, você escala a lateral do desfiladeiro, na esperança de chegar ao topo. Ao deixar o *Seeker* nas garras da lula gigante, você planeja enviar um pedido de ajuda com uma caneta que solta tinta amarela, um apelo que vai chegar à superfície. A tripulação do *Maray* foi instruída a ficar atenta a esse sinal de emergência. Eles vão enviar ajuda.

Quando alcança a saliência acima do desfiladeiro e se sente um pouco mais seguro, você vê a mais temida de todas as criaturas marítimas — o grande tubarão-branco. Ele começa a se mover em sua direção e você sabe que é o alvo dele. Você se pergunta se deve usar seu dispositivo de propulsão de emergência, que vai fazê-lo chegar rapidamente à superfície. O tubarão é rápido, pode alcançá-lo mesmo assim. Você também sabe que vai sofrer as consequências da rápida subida.

Se decidir usar o dispositivo de propulsão para chegar à superfície, vá para a página 15.

Se quiser permanecer imóvel, torcendo para o tubarão ir embora, vá para a página 17.

10

Você cruza a gruta em silêncio. O teto é curvado para cima e você segue a inclinação. O medidor de profundidade mostra que você está subindo bem depressa. Talvez chegue à superfície. Então o teto da gruta deixa de ser inclinado. À sua frente, há uma escotilha perfeitamente redonda, feita de um metal que você nunca viu. Com o braço mecânico do *Seeker*, você tenta abri-la. Sem sucesso. Ativando um gerador de vibração eletrônico, você bombardeia a portinhola com vibrações — que não devem causar maiores prejuízos.

Se decidir estourar a escotilha com uma carga mais explosiva, vá para a página 19.

Se decidir continuar com as vibrações e comunicações por rádio através da portinhola, vá para a página 22.

11

Manobrando o *Seeker* perto do buraco, você começa a fazer medições pelo sonar para determinar a profundidade. Para sua surpresa, as medições indicam que o buraco é extraordinariamente profundo — pode chegar ao centro da terra!

O que há lá embaixo? De onde as bolhas estão vindo? Atlântida está abaixo de você?

De repente, seus equipamentos revelam algo assustador no leitor digital: um maremoto! O *Seeker* não está danificado, mas o *Maray* pode partir, deixando você para trás. Talvez você deva subir agora mesmo e se juntar à embarcação. Por outro lado, talvez esteja prestes a fazer uma das maiores descobertas do mundo.

Se decidir descer pelo buraco, vá para a página 18.

Se decidir voltar à superfície, vá para a página 21.

12

Com uma torrente de água, a lula gigante ataca. Dois tentáculos de seis metros cada, com suas ventosas pulsantes, se esticam para agarrá-lo. Você mergulha da plataforma e lança dois de seus arpões. Eles acertam a lula perto dos dois enormes olhos. Ela continua avançando.

Um dos tentáculos envolve seu capacete de mergulho e rompe o lacre do macacão. Você atira o último arpão na esperança de que acerte o monstro num ponto vulnerável. A água está começando a entrar na sua roupa. Você sinaliza para que o *Maray* faça um içamento de emergência. Você deve ter acertado a lula, pois ela se afasta se contorcendo. Você acha que está prestes a desmaiar.

Você acorda no convés do *Maray* e é rapidamente levado às câmeras pressurizadas para afastar os efeitos da doença de descompressão. Depois de vários dias, você já passou pelo pior e está começando a pensar em mergulhar no abismo de novo. Você consegue fazer isso? Tem coragem?

Se decidir deixar a expedição agora, vá para a página 26.

Se decidir voltar para o fundo do mar, vá para a página 27.

13

O feixe do laser ilumina a gruta toda. No chão, há um submarino! Cuidadosamente, você manobra o *Seeker* mais para perto. É o submarino que desapareceu misteriosamente no Triângulo das Bermudas quase um ano antes. Mas o Triângulo das Bermudas fica a mais de três mil quilômetros... Como o submarino veio parar aqui?

Ele não parece estar danificado, mas está coberto de algas viscosas. Belos peixes nadam ao redor, como se o submarino fosse um prêmio especial. Então, você percebe que a escotilha principal não está coberta de algas!

Se quiser entrar no submarino, vá para a página 23.

Se decidir cruzar a gruta, ignorando o submarino por enquanto, vá para a página 25.

14

Conforme começa a subir depressa, você perde a capacidade de respirar normalmente. A tontura toma conta de você, e seus braços e pernas parecem fracos. Você se solta da plataforma e boia na água, exausto. Surpreendentemente, vê um golfinho vindo em sua direção. Esses mamíferos maravilhosos costumam ajudar pessoas em apuros. Será que ele vai ajudar você?

Se quiser tentar conseguir a ajuda do golfinho, vá para a página 29.

Se decidir continuar nadando sozinho até a superfície, vá para a página 30.

15

Você lança seu dispositivo de propulsão especial e sobe pela água, assustando alguns cardumes pelo caminho. Você fica zonzo e perde a noção de onde está. O mundo parece estar de cabeça para baixo. O tubarão não está por perto, assim você espera. Irrompendo na superfície e boiando a cerca de oitocentos metros do *Maray*, você tenta, sem sucesso, contatá-lo com seu comunicador digital.

A tripulação localiza você na água e o salva. Infelizmente, a subida rápida lhe causou a doença da descompressão. Demora muito para reverter os sintomas. E, quando você finalmente melhora, o médico do navio lhe dá a notícia de que seus dias dentro da água acabaram. Outra pessoa vai ter de encontrar Atlântida.

FIM

16

Conforme você começa a perfurar, o fluxo de bolhas aumenta.

É uma corrente forte o bastante para agitar a superfície do mar. Você pode tentar subir e encontrar, lá de cima, o local exato de onde as bolhas estão saindo. Então, com o cientista a bordo do *Maray*, seria capaz de elaborar um plano sobre o que fazer em seguida. Por outro lado, poderia simplesmente explorar o buraco com o *Seeker* para determinar agora a origem das bolhas! O risco de entrar ali é grande, mas você pode acabar chegando à fonte das bolhas e, talvez, a Atlântida.

Se decidir explorar, vá para a página 31.

Se preferir retornar à superfície, vá para a página 28.

17

Você espera o tubarão se afastar. Sem sucesso! Outros tubarões estão se juntando a ele para a caçada. Eles nadam ao seu redor, se aproximando cada vez mais e mais depressa. Tarde demais. Não há como escapar! O maior tubarão, de boca aberta, ataca!

FIM

18

Agora é a hora da decisão. Você checa todos os dispositivos do *Seeker*, range os dentes e empurra o manche para a posição de mergulho profundo. Você vai descendo e descendo por onde nunca ninguém se aventurou. O *Seeker* foi projetado para mergulhos profundos, mas você está descendo muito rápido, quilômetro a quilômetro. A pressão é intensa, a escuridão é total e o medidor de profundidade registra incríveis vinte e quatro quilômetros. Rapidamente, você inverte o manche. Luzes de alerta se acendem no painel de controle, indicando que a força gravitacional agora é mais forte do que os motores de propulsão do *Seeker*. Você chegou a um ponto do qual não pode mais voltar, e sua descida vai continuar na completa escuridão até a pressão da água se tornar forte demais para o *Seeker*. Esta vai ser a sua última viagem.

FIM

19

A única maneira de passar pela portinhola é explodi-la, pelo menos é o que você acha. O canhão de laser do *Seeker* é forte e você posiciona o veículo para atirar. Ao apertar o botão, você envia um forte feixe na direção da escotilha. Nada acontece. Então, você muda o controle do canhão para força de emergência total. Mais uma vez, você pressiona o botão, e o feixe dissolve a portinhola no mesmo instante. A água do mar entra pelo enorme buraco, levando você para dentro de uma caverna repleta de ar. A água preenche a caverna com velocidade e força explosiva. Você vê diversas pessoas se apressando em direção a portinholas de fuga.

É tarde demais para escapar! Você fez a escolha errada. Não tem mais volta.

FIM

20

Você consegue capturar as bolhas de ar e encher os tanques do *Seeker*, o suficiente para que o veículo suba. Lentamente, ele deixa o desfiladeiro, dispersando os cardumes de brilhantes peixes coloridos e tocando levemente plantas subaquáticas que ondulam como palmeiras ao vento. Ao chegar à saliência no topo do desfiladeiro, você vê o que parece ser uma estrada velha! As rochas em sua extensão parecem marcadores de distância. Será que esse caminho pode levar à cidade perdida de Atlântida? Você ancora o *Seeker* e se prepara para observar mais de perto.

Vá para a página 5.

21

Ao decidir retornar à superfície, você cuidadosamente direciona o *Seeker* de volta para a lateral do desfiladeiro no fundo do mar. De repente, o veículo é levado por uma forte correnteza que o arrasta em direção à gruta. Ali dentro, a corrente leva você ao que parece ser uma grande porta de metal. Ela se abre e o *Seeker* é varrido para dentro. A porta se fecha, a água na gruta é drenada e você sai do veículo, numa câmara que deve ter sido feita por algum tipo de força viva, talvez humanoide, talvez não.

Uma porta na parede se abre, e duas pessoas vestidas com roupas simples caminham na sua direção. Uma delas diz:

— Bem-vindo a Atlântida. Estávamos a sua espera.

Que descoberta! Você encontrou a cidade perdida!

— Sim, você nos encontrou, mas nós não confiamos nas pessoas da superfície. Não somos cruéis, mas você nunca mais sairá de Atlântida.

Eles querem que você os acompanhe e você concorda. Mas um pensamento lhe ocorre. Talvez você possa sair da câmara usando o canhão de laser do *Seeker*

Se decidir acompanhar aquelas pessoas e se juntar à sociedade de Atlântida, va para a página 33.

Se decidir entrar no *Seeker* e tentar explodir a porta fechada com o canhão de laser, vá para a página 32.

22

Os rádios transmissores parecem estar falhando, e você se cansa de enviar sinais pela porta fechada. Está prestes a desistir quando ela finalmente se abre, revelando uma caverna com outra porta. Você entra na caverna com cuidado e recebe um sinal de rádio no seu idioma. A mensagem diz que você é bem-vindo ali, mas que, quando entrar nesse lugar, nunca mais vai poder voltar ao mundo da superfície. Você precisa tomar uma decisão.

Se decidir seguir em frente para ver como é Atlântida, vá para a página 34.

Se decidir recuar, vá para a página 35.

23

O submarino é realmente misterioso. Depois de abrir a escotilha da torre de comando, você entra. Ele é incrivelmente limpo e organizado. Não há sinal de vida, tampouco de luta ou morte.

Você ouve uma voz suave.

— Milhares de anos atrás, os líderes de Atlântida entenderam que o continente que habitavam estava sendo engolido pelo mar. Eles descobriram uma enorme caverna subterrânea e construíram novas casas para o seu povo. Mais tarde, quando Atlântida já estava submersa no oceano, alguns de nossos cientistas descobriram e aperfeiçoaram uma operação que nos permitiu respirar sob a água.

A voz, que parece amigável, também diz que existem dois grupos em Atlântida. Um deles é considerado bom, enquanto o outro é visto como mau.

Vá para a próxima página.

24

— Junte-se a nós — continua a voz. — Você pode usar a passagem secreta para Atlântida. Ela começa logo ali.

Enquanto você segue as instruções, vê uma nave subaquática passando. Há muitas pessoas a bordo, e elas sorriem para você. Será mesmo?

Se é um veículo de Atlântida, as pessoas ali são boas ou más? Elas conhecem a passagem secreta?

Se você decidir se apressar e tentar chegar à passagem secreta sem ser visto, vá para a página 36.

Se voltar para o *Seeker* e tentar escapar do perigo, vá para a página 37.

25

Você navega pela gruta, passando pelos destroços do submarino. Há outro navio naufragado. E mais um. Também estão cobertos por algas e também não parecem danificados. Talvez os habitantes de Atlântida capturem navios no Triângulo das Bermudas e os tragam até aqui. Há uma escuna de três mastros, daquelas usadas no início dos anos 1800. O cordame está envolvido por algas, e peixes nadam preguiçosamente perto dos mastros.

Sua curiosidade é grande; você veste o traje de mergulho e deixa o *Seeker*. Você se move na direção do velho barco. De repente, uma serpente-do-mar venenosa, de quatro metros, surge de trás de uma cabine e pica você na carne macia entre os dedos da mão direita. Não há antídoto para o veneno mortal. A neurotoxina se espalha como uma onda pelo seu braço, a caminho do córtex cerebral. Sua vida foi curta e doce. Vá em paz, guerreiro!

FIM

26

Com enorme pesar, você decide que é mais inteligente abandonar a expedição. Não pode correr o risco de voltar às profundezas do mar. Então, com relutância, você volta para casa.

Vários programas de tevê estão desesperados para conseguir uma entrevista com você. Afinal, você é um verdadeiro sobrevivente. Em um desses programas, uma chamada especial anuncia ao mundo a descoberta de Atlântida pela equipe de pesquisa italiana liderada pelo dr. Marcello, um explorador mundialmente famoso. Você se arrepende da sua decisão, mas não teve escolha. Teve?

FIM

27

Você não consegue resistir à aventura dentro do mar. Precisa descer mais uma vez e, depois de várias semanas de descanso, entra no *Seeker* e parte rapidamente para as profundezas. Você para o veículo subaquático perto do grande desfiladeiro no fundo do mar. Com o traje especial, você se aventura cada vez mais fundo. Não há sinais da lula gigante e você se sente seguro.

Dando a volta numa formação rochosa, você encontra os destroços de um antigo navio grego. É muito estranho encontrar esse navio intacto tão longe da superfície. O que o levou até ali? Será que ele visitava Atlântida antes de o continente perdido afundar?

Você tira fotos e faz registros em seu computador portátil. Talvez esse antigo navio esconda o segredo de Atlântida.

Se decidir entrar no navio grego, vá para a página 38.

Se for voltar para a superfície para registrar suas descobertas, vá para a página 39.

28

De repente, você percebe que o fluxo de bolhas é forte o bastante para elevar o *Seeker*. Você o guia para dentro do fluxo, e ele segue na direção da superfície. Enquanto rodopia para cima, você começa a notar quantidades cada vez maiores de alga marrom. Próximo à superfície, você fica preso nas algas marinhas. Os equipamentos do *Seeker* indicam que os propulsores e os mecanismos de direção não vão funcionar.

Você veste o traje de mergulho e sai do *Seeker* para ver o que pode fazer. Em meio às algas, você percebe que não é capaz de liberar o veículo. Você tenta nadar até a superfície, mas descobre que também está totalmente preso na alga pegajosa. Você não consegue continuar nem voltar ao *Seeker*.

Se decidir continuar tentando voltar à superfície, vá para a página 42.

Se decidir parar para ganhar força e arquitetar um plano, vá para a página 44.

O golfinho olha para você, e você chega a pensar que ele está sorrindo. Você segura uma das barbatanas dele e, com um rápido movimento, o golfinho nada para cima. Em pouco tempo, vocês irrompem na superfície. O sol está forte. O *Maray* não está em lugar nenhum. Você está perdido no mar.

O golfinho mergulha de novo e você continua se segurando nele. Ele ganha velocidade e, em vinte minutos, você se vê perto do *Maray*. O golfinho deve ter ouvido o barulho do motor da embarcação dentro da água.

No navio, todos o cumprimentam pela fuga. Você vai descer de novo, mas é assombrado pelo pensamento: *E se eu não tiver sorte da próxima vez?*

Se decidir mergulhar de novo no dia seguinte, vá para a página 41.

Se decidir desistir da expedição, vá para a página 40.

30

O golfinho pode ajudar ou não. Você decide se arriscar sozinho e parte nadando em direção à superfície. O golfinho o segue por um tempo e então se afasta. Você descansa por um momento, a cerca de noventa metros da superfície, antes de subir de vez.

Um peixe enorme e feio nada na sua direção. Os olhos salientes dele se fixam em você. É um peixe-lua, com envergadura de quase cinco metros. É uma espécie que não perde tempo mastigando as vítimas. Ele as engole inteiras!

Parece que você é a próxima refeição.

FIM

31

Você decide guiar o *Seeker* para dentro da passagem em direção à fonte das bolhas. De repente, ele é puxado para baixo como se estivesse sendo atraído por um ímã gigante. Você perde a consciência e, quando acorda, está numa sala iluminada e confortável. Há três pessoas por perto. Elas têm aparência normal e parecem simpáticas.

A do meio diz:

— Você está na sala de recepção dos visitantes. Se quiser entrar na cidade de Atlântida, siga-nos; mas talvez você nunca mais volte ao seu mundo. Se quiser partir agora, o levaremos com segurança à superfície. A escolha é sua. Não queremos lhe fazer mal.

Se você quiser seguir os desconhecidos para dentro da cidade de Atlântida, vá para a página 45.

Se decidir voltar para a superfície, vá para a página 43.

32

O povo de Atlântida vive em paz há milhares de anos. Eles não têm amor pela guerra. É uma civilização tecnologicamente muito avançada. Um mecanismo de sensoriamento revela a eles que você está prestes a usar seu canhão de laser. Eles lançam um feixe especial em direção ao *Seeker*. Todas as funções são interrompidas. Você não pode escapar. Eles se aproximam lentamente.

— Agora você faz parte de Atlântida. Compreendemos o seu medo, mas não se assuste. Não lhe faremos nada de mal e sua vida será plena. Siga-nos.

Enquanto caminha com eles para dentro de um novo mundo, você se pergunta se um dia vai voltar a ver o céu.

FIM

Você é levado a uma sala. O piso é feito de um tipo valioso de mármore. As paredes brilham. O teto é lapidado, como se você estivesse dentro de um diamante, olhando através das suas muitas facetas.

Uma pessoa que imediatamente impõe respeito faz um sinal firme, mas gentil, para que você se aproxime.

— Bem-vindo a Atlântida. Milhares de anos atrás, soubemos que estávamos prestes a ser engolidos pelo mar. Nosso povo se preparou para a calamidade construindo uma nova cidade dentro de um vulcão extinto. Desde então, vivemos aqui, em paz e harmonia. Não temos luz do sol nem estrelas para olhar, mas temos outros espaços nos quais meditar.

Ela conta a você sobre um grupo chamado Nodoors. Se quiser, você pode viver com eles, mas não poderá deixar Atlântida.

Um homem de barba será seu guia. Atlântida é uma bela cidade. As construções se fundem umas às outras, as cores irradiam luz e ramos de coral tomam os pátios. Existe no ar uma sensação de paz e bem-estar.

Seria agradável viver ali, mas você não quer ser prisioneiro. Talvez haja maior chance de escapar se você se unir aos Nodoors. Você pergunta ao guia sobre eles.

— Ah, nós acreditamos que sejam perigosos, mas não sabemos ao certo. Eles vivem no centro do velho vulcão. Se quiser, posso levá-lo até lá.

Se decidir se unir aos Nodoors, vá para a página 46.

Se quiser permanecer em Atlântida e talvez conseguir fugir, vá para a página 47.

34

Você é recebido por um grupo de pessoas que parecem seres humanos, exceto por terem aberturas como guelras no pescoço. Os pés têm pele entre os dedos, formando uma espécie de nadadeira. Eles mandam você vestir o traje de mergulho, tiram-no rapidamente do *Seeker* e o levam em direção à cidade. No caminho, mostram o zoológico, onde há animais do mundo terrestre. Há uma jaula de vidro que os cerca, cheia de ar, permitindo que vivam dentro do oceano.

— Então, meu jovem amigo — diz o líder do grupo —, você pode se submeter à cirurgia de abertura de guelras e viver como um de nós, ou pode recusar e se unir aos outros animais do zoológico.

Que escolha difícil! Se for submetido à operação de abertura de guelras, você nunca vai conseguir escapar e voltar a viver na superfície.

Se concordar em realizar a operação, vá para a página 48.

Se decidir ir para o zoológico, vá para a página 49.

35

De volta ao *Seeker*, você envia uma mensagem via rádio ao *Maray*, avisando que vai subir para elaborar um plano. Enquanto sobe pelo desfiladeiro, que lembra uma fenda gigante, você vê o que parece ser uma trilha acima da saliência. O que é isso? Os cientistas a bordo do *Maray* tinham mencionado a possibilidade de encontrar sinais de uma antiga civilização — como estradas. Você precisa investigar.

Vá para a página 5.

36

Você escapa de ser visto pelas pessoas da nave. Seguindo as instruções, você entra numa passagem. No fim dela, há uma porta fechada a vácuo e, depois, uma grande caverna repleta de ar. Talvez seja o interior de um vulcão extinto.

A terra é agradável, apesar de lhe parecer estranha. Uma substância macia recobre o chão. Parece estar viva. Você não sabe ao certo. Uma fraca luz emana das laterais dessa enorme caverna, fazendo com que você se lembre da luz do início da manhã, pouco antes do nascer do sol.

Um grupo de pessoas se aproxima com gestos amigáveis. Estão usando trajes simples, como os usados na Grécia antiga. Parecem gentis e generosos. Você tira a roupa de mergulho e descobre que o ar é bom para respirar.

Essas pessoas falam um idioma que você não conhece, mas uma delas serve de intérprete. Você descobre que está em Atlântida. Elas dizem que a cidade é governada por um homem ganancioso, egoísta e perigoso. O povo é tratado como escravo. Todo mundo está infeliz, exceto os poucos que servem ao governante como tenentes. Esses novos amigos pedem sua ajuda. Talvez você possa ajudá-los a escapar.

Se decidir deixar seus novos amigos e procurar o governante, vá para a página 50.

Se quiser ajudar seus novos amigos a fugir, vá para a página 51.

37

Rapidamente, você entra no *Seeker* na tentativa de fugir do estranho submarino. A embarcação está logo atrás, então você aciona a propulsão de emergência para que o motor funcione na mais alta potência. Você poderia usar o canhão de laser para destruir o submarino, mas não quer machucar ninguém.

A subida rumo à superfície é rápida, mas, de repente, todos os sistemas do *Seeker* falham. Você permanece suspenso na água em uma posição indefesa. Uma força desconhecida o incapacitou. Os computadores de bordo não conseguem detectar a origem ou a natureza da força.

Se decidir esperar a bordo do *Seeker* pela ajuda do *Maray*, vá para a página 54.

Se preferir deixar o *Seeker* e subir sozinho à superfície, vá para a página 52.

38

Cuidadosamente, você entra na cabine do navio. Jarros de argila chamados ânforas, que antes eram enchidos com óleos e vinhos, agora estão espalhados por todo lado. Não há sinais da tripulação. Você tem a sensação de estar na Grécia antiga. É como se estivesse num sonho. Uma porta conduz a uma cabine menor. Numa mesa ao fundo dessa cabine, há uma caixa dourada. Ao abri-la, você encontra os restos de um mapa. Ele não mostra Atlântida, mas revela que o navio estava procurando um ponto de acesso que leva ao centro da terra!

Você volta ao *Seeker* e usa o mapa para localizar esse fosso que conduz ao centro da terra. Usando a intuição para interpretar o mapa, você encontra a abertura do túnel, que parece ter cerca de trinta metros de diâmetro. As medições do sonar indicam que o fosso não tem fundo.

Se optar por descer pelo fosso, vá para a página 53.

Se decidir que está na hora de voltar à superfície, vá para a página 55.

39

O trajeto de volta à superfície é tranquilo, e finalmente o *Seeker* é rebocado para dentro do *Maray*. Você sai do veículo e é recebido pelos cientistas e pela tripulação. O *Seeker* é preparado para o segundo mergulho, mas, de repente, o vento aumenta e surgem ondas enormes que quebram no convés do navio. Todo mundo corre para se preparar para a força da tempestade. Não há a menor chance de o segundo mergulho começar. Durante todo o dia e toda a noite, o *Maray* se agita no mar revolto.

Na manhã seguinte, a ventania cessou e o céu está claro. Agora você está pronto para mergulhar de novo.

Vá para a página 41.

40

Um helicóptero é enviado para apanhá-lo e levá-lo a uma base aérea para que você volte para casa. As notícias de jornal revelam que a busca por Atlântida foi abandonada. Mas, vários meses depois, um grupo de cientistas entra em contato. Eles acreditam que Atlântida pode ser encontrada. Eles montam mais uma expedição e querem que você participe. Você se sente tentado. Aventurar-se no desconhecido é o que você gosta de fazer.

FIM

41

Mais uma vez, o *Seeker* é arriado pela lateral do *Maray* e desliza para dentro do mar. Os peixes nadam por perto, espreitando-o em sua concha de titânio e cerâmica. A luz do sol desaparece conforme você desce no abismo.

Você segue em direção ao desfiladeiro gigante que pode levar a Atlântida. Quando chega ali, acende o holofote de busca do *Seeker*. Imediatamente você vê o buraco redondo que parece ter sido feito por seres inteligentes. Talvez ele leve a Atlântida.

Vá para a página 6.

42

Você está zonzo por causa da falta de oxigênio e do cansaço. Com sua faca, você retalha a alga marrom que o cerca. Pouco a pouco, parece estar se libertando. Então, de repente, você passa pelas últimas redes de algas e chega à superfície. Aciona o sinalizador especial e a tripulação do *Maray* logo o vê. Poucos instantes depois, você está a bordo, seguro e cercado de amigos. Que alívio sair daquele pesadelo!

Se for mergulhar de novo no dia seguinte, vá para a página 56.

Se quiser descansar por alguns dias e elaborar planos de emergência, vá para a página 57.

43

Os três habitantes de Atlântida percebem sua vontade de voltar à superfície. Imediatamente, eles criam uma cápsula em forma de bolha e o colocam dentro.

— Adeus, terráqueo. Que você tenha uma vida longa e próspera.

Você sobe rapidamente pelo mar e irrompe na superfície perto do *Maray*. A cápsula em que você estava se desintegra ao entrar em contato com o ar. Já a bordo do navio, você conta sua aventura à tripulação e aos cientistas. Eles são gentis com você, mas ninguém acredita na história. Eles acham que você fantasiou o mundo de Atlântida por ter permanecido muito tempo no fundo do mar.

Já em casa, você começa a participar de programas de televisão contando sobre Atlântida. Escreve alguns artigos e um livro. Recebe uma boa quantia por esse trabalho. Você fica tentado a usar o dinheiro para outra expedição.

Se usar o dinheiro para outra expedição, vá para a página 62.

Se decidir se aposentar e levar uma vida tranquila, vá para a página 63.

44

A pior coisa que você poderia fazer seria entrar em pânico. Você relaxa e é arrastado pela correnteza, que de repente o leva para cima. Você atravessa as algas e se liberta. Que alívio!

Assim que se livra das algas, no entanto, você é sugado por um redemoinho gigante!

Se você tentar nadar para fora do redemoinho, vá para a página 58. Debata-se loucamente!

Se decidir mergulhar no olho do redemoinho, na esperança de chegar ao fundo e se libertar, vá para a página 59.

45

As três pessoas conduzem você a uma enorme caverna. No centro dela há uma gigantesca máquina prateada. Tem a forma de um tubo comprido, com diversos painéis redondos presos a uma ponta.

Eles levam você para dentro. É a sala de controle mais avançada que você já viu! Está repleta de computadores, sensores de presença, equipamentos de gravação, monitores e uma série de telas digitais. Uma figura de forma estranha, com uma cabeça enorme e olhos totalmente inexpressivos, encara você.

— Agora você está na sala de controle de Atlântida. Você viu nosso segredo. Aterrissamos neste planeta há três mil anos. Usamos nosso equipamento antimatéria para afundar este continente e escapar do seu povo. Se quiser, você pode ter uma vida muito agradável e útil aqui conosco. Só precisa permitir que injetemos em você um soro especial para que consiga viver aqui embaixo. A decisão é sua. No entanto, se não quiser ser um de nós, será nosso prisioneiro.

Se você decidir tomar a injeção, vá para a página 60.

Se se recusar, vá para a página 61.

46

— Quero me unir aos Nodoors — você diz ao guia. Ele o leva às margens da cidade.

— Preciso deixá-lo agora. Boa sorte.

Os Nodoors enviam um grupo fortemente armado para recebê-lo. Eles desconfiam de você e acreditam que você é um espião enviado pelos atlantes. Eles são exatamente como as pessoas de Atlântida, mas raramente sorriem.

— Venha conosco. Você será interrogado. Talvez você trabalhe para nós.

Durante três dias, você é interrogado e mantido numa pequena sala sem janelas. Esse povo não é gentil e você acredita ter cometido um erro. Eles pedem sua ajuda para espionar o povo de Atlântida. Sugerem que, como espião, você poderia ter livre acesso aos dois grupos.

Se decidir tentar fugir, vá para a página 64.

Se aceitar a proposta, vá para a página 65.

47

Você decide permanecer em Atlântida. O modo de vida do povo parece ideal. Eles usam o tempo criando coisas para melhorar a vida, não para destruí-la. Você acredita que o líder deles diz a verdade quando afirma que evitam as guerras e o ódio.

Você fica fascinado por esse mundo aparentemente ideal. Gostaria de ficar e pesquisar a história de Atlântida, como a cidade se tornou o que é e o que fez com que os atlantes e os Nodoors se separassem. Ainda assim, na sua mente permanece a esperança de fugir e poder voltar ao seu mundo.

Se decidir permanecer e passar a vida pesquisando a história e os segredos de Atlântida, vá para a página 66.

Se quiser escapar, vá para a página 67.

48

Uma enorme luz branca ilumina seu corpo sobre a mesa de operação. Você fica inconsciente. Pensamentos, sons e imagens agradáveis ocupam sua mente. Quando desperta, você não sente dor nem nota nenhuma mudança real. Mas agora você consegue respirar embaixo da água e passa a viver no mundo dos atlantes.

Durante várias semanas, você explora o mundo sob a água como se nunca o tivesse visto. Sem o pesado equipamento de oxigênio nas costas, você sente uma energia maravilhosa e flutua por um mundo de belezas. Seus dois guias se tornaram bons amigos e levam você a aventuras no fundo do mar, para explorar o oceano e conhecer os peixes e outras criaturas marítimas. É uma vida muito interessante. Você gosta disso, mas se lamenta porque nunca mais vai ver o mundo lá fora.

FIM

— Não, eu me recuso a fazer essa operação maluca. Não quero me tornar um peixe!

Os atlantes tentam convencê-lo de que a vida com eles vai ser feliz, útil e longa. Mas, ainda assim, você recusa. Infelizmente, eles deixam de lado os argumentos e lançam em você um spray especial que o derruba imediatamente. Várias horas depois, você recupera os sentidos e descobre que está num tanque de ar dentro da água, no qual respira naturalmente. Seu vizinho mais próximo é um cavalo, que olha para você com tristeza e compaixão. Os atlantes construíram um aposento pequeno, muito parecido com aqueles do mundo fora da água. As pessoas passam, te olham e conversam com você.

Talvez você tenha cometido um grave erro. Eles não querem mais que você viva com eles. Você recusou a oferta que fizeram e agora se tornou um prisioneiro no zoológico.

FIM

50

Você não demora muito para encontrar o rei. Um dos inúmeros agentes reais o conduz até ele. Ele está num pequeno e simples aposento com uma luz brilhando no teto redondo.

— Então, finalmente você encontrou o caminho até aqui. Fique tranquilo. Não vou machucá-lo. — A voz reverberante do rei assusta você. Ele o convida a se sentar.

Depois de várias horas com o rei, você descobre que ele é esperto, simpático e encantador. Talvez os atlantes estejam errados a respeito dele.

Ele oferece a você a chance de fazer parte do governo. Diz que a maioria das pessoas é preguiçosa e egoísta e precisa ser governada com poder e autoridade. Ele é rei há quase mil anos porque não tem medo de ser durão. Ele quer que você seja conselheiro do governo.

Se aceitar a oferta do rei e for trabalhar para ele,
vá para a página 68.

Se preferir recusar e voltar para ficar com as outras pessoas,
vá para a página 70.

51

O problema é: para onde eles fugiriam? O rei está no comando. Ele governa o mundo subaquático e há espiões por toda parte. A única solução é arquitetar um plano para capturar o rei e colocá-lo na prisão.

As pessoas estão assustadas. Alguns cidadãos tentaram se revoltar anos antes e ainda estão presos. O rei é esperto e desconfia de todos.

Você sugere um plano para realizar um festival com uma peça de teatro. A determinado sinal, os atores e as pessoas da plateia vão se levantar e sequestrar o rei. Os atores empunharão armas de verdade, mas ninguém vai suspeitar deles por estarem na peça.

As pessoas gostam do plano. Elas pedem para você se tornar o líder delas.

Se aceitar se tornar líder, vá para a página 69.

Se quiser ajudá-las no planejamento e depois deixar esse mundo triste, vá para a página 72.

52

Existe uma saída. Você decide deixar o *Seeker* e tentar chegar sozinho à superfície. Você entra na cabine pressurizada que dá acesso ao mar. Com um rápido empurrão, sai do veículo e nada em direção à superfície. Um pequeno bote amarelo faz parte do seu equipamento de fuga. A superfície do mar está calma, mas o *Maray* não está em nenhum lugar que você possa ver.

Por dois dias e duas noites, você boia no bote sob o sol forte e a luz das estrelas. Por fim, um helicóptero de busca o encontra. Finalmente você está salvo.

A exploração de Atlântida terá de contar com um novo mergulhador. Sua visão foi prejudicada pela estranha força que imobilizou o *Seeker*. Sua carreira como aventureiro do mar terminou.

FIM

53

Por que não ir? Quem acreditaria numa coisa dessas? O centro da terra! Você empurra o manche para frente e mergulha bem fundo com o *Seeker*. Em pouco tempo, não há mais água, apenas um gás pesado com a mesma função. Você vê um mundo de cores e formas flutuantes. Passa por camadas de rocha e areia. De repente, você entra numa massa grudenta que quase danifica os propulsores do *Seeker*. O motor do veículo subaquático para e você é arrastado ao longo do material semilíquido por algo parecido com gravidade ou magnetismo. Você atravessa uma densa membrana elástica e entra numa área de átomos gigantes. Os elétrons passam ao seu redor em alta velocidade, mas há muito espaço para manobrar entre essas partículas de movimento rápido. Os elétrons giram ao redor de uma pequena massa que você sabe que se chama núcleo. Você consegue evitar colisões. Que mundo!

Se continuar a viagem ao centro da terra, vá para a página 74.

Se tentar voltar, vá para a página 75.

54

O melhor plano é esperar que o *Maray* localize você com o sonar. Você não pode enviar um aviso ao navio porque nenhum equipamento eletrônico do *Seeker* está funcionando. Não há sinal do submarino misterioso. Talvez ele tenha partido, agora que você foi expulso do mundo de Atlântida.

Ao olhar para fora através da grossa portinhola de vidro, você vê uma baleia-azul gigantesca vindo em sua direção. Parece que ela vai atacar. Talvez o submarino tenha irritado a baleia e agora ela queira se vingar de qualquer outra embarcação que estiver por perto.

De repente, a baleia atinge você com força total. O *Seeker* está muito danificado. A água começa a entrar pela escotilha. Você precisa sair do veículo. A baleia permanece próxima, observando e esperando.

Se decidir tentar escapar, vá para a página 52.

Se tentar pegar carona na baleia, vá para a página 71.

Se não souber o que fazer, vá para a página 73.

55

Você encara o fato de que é perigoso demais mergulhar num buraco profundo que pode levar ao centro da terra. O melhor a fazer é voltar à superfície e elaborar um plano de ação.

Você dá uma última olhada na abertura, confere os instrumentos do *Seeker* e segue para cima. Finalmente, o *Seeker* irrompe na superfície, encontrando o ar puro e a luz do sol, e você aguarda para ser resgatado pelo *Maray*.

Vá para a página 26.

56

Você insiste que está bem e diz que vai mergulhar de novo no dia seguinte. Os cientistas tentam convencê-lo de que é loucura descer de novo em tão pouco tempo. O capitão do *Maray* revela que uma grande tempestade se aproxima e que o dia seguinte provavelmente será o último dia de mergulho durante algum tempo.

Indo contra todos os conselhos, você entra no *Seeker*, se despede de seus amigos e mergulha. Você se sente cansado, mas animado.

Quando chega ao fundo, decide explorar a saliência no desfiladeiro profundo.

Uá para a página 5.

57

Você recebe a informação de que uma forte tempestade está vindo em sua direção. O capitão decide levar o *Maray* ao abrigo de uma ilha próxima. É perigoso demais permanecer onde vocês estão. A tripulação coloca o *Seeker* com segurança no convés do navio e vocês seguem em frente.

A tempestade começa antes de vocês chegarem ao lado seguro da ilha. O *Seeker* se solta do navio e se perde. Os computadores de bordo do *Maray* são danificados por uma descarga elétrica resultante da queda de um raio. Vocês estão vivos, mas não há como repor os equipamentos avariados. O dinheiro acabou. A expedição a Atlântida também.

FIM

58

Não adianta. O redemoinho pegou você. Você sente seus braços e pernas sendo puxados em todas as direções. Não há como escapar. Você continua rodando e rodando.

Se decidir usar sua pistola de laser para fazer um buraco na parede do redemoinho, vá para a página 82.

Se continuar a lutar, vá para a página 83.

59

Você não consegue sair do redemoinho. Só há uma coisa a fazer: mergulhar fundo em direção ao centro.

Você se esforça muitas vezes e se lança no meio do redemoinho. Luzes e cores dançam diante dos seus olhos. Você perde a noção de onde está. O tempo deixou de ser importante. Você se vê de pé no fundo do oceano. Olha para cima pelo meio do redemoinho e vê o céu a mais de seiscentos metros. Ele não passa de uma manchinha azul.

Se tentar voltar à superfície, vá para a página 84.

Se sair para explorar essa área desconhecida, vá para a página 85.

Talvez você esteja sendo tolo, mas decide se unir a eles. A injeção não é dolorida e você não se sente diferente de antes. Eles levam você a uma sala confortável, onde todos bebem um chá especial para comemorar sua decisão.

— Veja, todos os seres vivos são basicamente iguais. Tudo está conectado na vida. Viemos de um planeta diferente em busca de outros seres vivos. Temos de ser muito cautelosos ao levar pessoas novas ao nosso planeta. Alguns indivíduos de seu povo nos procuram, assim como você. Escolhemos com cuidado.

Você fica surpreso com o que dizem. E eles lhe permitem fazer uma escolha. Pode viajar no tempo e no espaço até o planeta deles ou permanecer em Atlântida como funcionário, registrando informações a respeito da vida na terra.

Se decidir viajar com eles no tempo e no espaço, vá para a página 77.

Se decidir permanecer em Atlântida trabalhando, vá para a página 76.

61

A ideia de ter um soro injetado em seu sangue e ter de se unir a eles pelo resto da vida é terrível. Você precisa planejar uma fuga.

Quando seus captores não estão olhando, você foge e parte em direção à porta da sala de controle. Você não nota um feixe de laser guardando a escotilha de saída. Quando entra na mira do feixe, você paralisa. Os atlantes se reúnem em torno de você com pesar e dizem que você terá de permanecer dessa maneira pelo equivalente terrestre a vinte e três anos e sessenta e um dias, até os efeitos passarem. Aí então você terá uma segunda chance.

FIM

62

A única maneira de provar que você não está louco é liderar outra expedição a Atlântida. Você pega todo o dinheiro que ganhou com os programas de tevê e as matérias que escreveu, equipa um navio, contrata uma tripulação, aluga o *Seeker* e parte. A maioria das pessoas acha que você está maluco. Você vai mostrar a elas.

Posicionado no ponto que marcou com muito cuidado nos mapas, você mergulha com o *Seeker*. Mais uma vez, encontra a gruta escondida. Você move algumas algas numa parede da gruta e vê uma porta de metal.

A pequena porta parece lacrar uma passagem. Está trancada. Você tenta abri-la com o perfurador do veículo subaquático, mas não consegue. É frustrante estar ao mesmo tempo tão perto e tão longe do segredo.

Você deve explodir a porta com o laser?
Se quiser fazer isso, vá para a página 78.

Se quiser esperar pacientemente para ser observado
e convidado a entrar, vá para a página 79.

63

Você permanece em conflito durante muitas semanas a respeito de uma nova expedição. Dinheiro não é problema. Você teme que encontrar Atlântida estrague a vida de quem mora lá. Acredita que a civilização deles tem de ser protegida. Você decide usar o dinheiro que conseguiu para pesquisar o espaço e a vida em planetas de outras galáxias. Pode ser que um dia você encontre os atlantes no espaço.

FIM

Se não gostou deste fim, vá para a página 92.

64

A fuga vai ser difícil, mas você decide que precisa escapar dessas pessoas. O melhor plano é dizer que aceita espionar os atlantes. Os Nodoors, é claro, ficam felizes quando você diz que vai trabalhar para eles.

— Sabe, os moradores de Atlântida têm inveja de nós. Precisamos estar sempre alertas, caso contrário eles vão invadir nossa terra e nos destruir.

Você não acredita que os atlantes sintam inveja dos Nodoors, mas não discute. Eles o levam de volta às margens da região deles e você parte para se unir aos atlantes. Quando chega, pede para viver ali. Você sabe que nunca vai poder sair do mundo subaquático, mas sempre haverá a esperança de fugir. Pode ser uma vida boa.

FIM

65

— Certo, vou fazer isso — você diz. — Vou me unir a vocês para espionar os atlantes. Pode ser que eles não sejam tão malvados quanto vocês pensam.

Os Nodoors estão felizes. Dão a você um quarto numa ampla construção onde a maioria deles vive. É cinza e sombria, parece mais uma prisão do que qualquer outra coisa. À noite, quando todos já estão dormindo, você está acordado e percebe que caiu na sua própria armadilha. Você se dá conta de que os Nodoors são de outro planeta e são párias infelizes. Os atlantes não querem nada com eles. Você escolheu o lado errado!

FIM

Se não gostou deste fim, vá para a página 93.

66

Talvez você consiga aprender com os atlantes como eles alcançaram tamanha felicidade na vida. Você pesquisa sobre a história deles.

Ao anunciar sua decisão de ficar, você passa a ser tratado com gentileza e amizade. Você explica que gostaria de ajudar na produção de alimentos subaquática.

Atlântida já era uma civilização avançada há milhares de anos. Os cidadãos cultivavam pensamentos pacíficos e afastavam os odiosos, assim como se cuida de um jardim. A mente deles se tornou um universo rico e surpreendente, nítido e ilimitado.

Você tem tanto a fazer se ocupando das plantas marítimas e estudando a história deles que logo se esquece do *Seeker*.

FIM

67

Quando surge uma oportunidade e todo mundo está ocupado, você se lança em direção à saída do túnel e entra na água. Nenhum alarme soa. Ninguém segue você. É estranho; eles disseram que não permitiriam que você voltasse ao mundo lá em cima. Por que estão permitindo que você escape?

Você nada em direção à superfície. Ninguém poderia sobreviver à pressão e à falta de oxigênio, mas de repente você se vê afastando as algas marinhas marrons. Está prestes a chegar à superfície.

Vá para a página 42.

68

Conselheiro de um rei! Que bela oportunidade. Talvez o rei esteja governando há tanto tempo que perdeu o tato para lidar com o povo. Talvez, como conselheiro, você seja capaz de fazer com que as pessoas consigam o que querem. Você não acredita que os cidadãos sejam preguiçosos e egoístas. O rei precisa de um novo ponto de vista.

Você é nomeado conselheiro especial do rei para resolver problemas de pesquisa de alimentos e habitação. Imediatamente, você convoca reuniões com o povo para discutir o programa de alimentos e os horários de trabalho. O rei está tão contente por ter alguém que cuide dos problemas que lhe dá carta branca. Oferece também moradia e um bom salário. Você cria novos projetos e cronogramas de trabalho para as pessoas. Ouve as reclamações que elas fazem e as ideias que têm. A vida no fundo do mar é rica e plena. As pessoas são boas e trabalhadoras. Ficar ali foi uma sábia decisão.

FIM

69

Você não quer liderar uma revolta, mas as pessoas precisam de você. Então, você organiza a peça, e o rei fica contente ao ver as pessoas envolvidas num projeto que vai mantê-las ocupadas e felizes. O povo mal pode esperar pelo dia em que conseguirá prender o rei e tomar as próprias decisões.

Na noite da peça, o teatro fica cheio, e todos esperam que o rei apareça. Há um atraso. A plateia fica nervosa. Um mensageiro real se apressa para anunciar que o rei está com uma febre muito alta. Pode ser que acabe morrendo.

Você tenta imaginar se o rei está mesmo doente ou se descobriu algo sobre o plano. As pessoas ficam confusas, sem saber o que fazer. Elas o procuram, e você diz que elas devem apresentar a peça normalmente. Nesse instante, um grupo de soldados do rei entra no teatro. Eles estão atrás de você.

Se permitir que o prendam, vá para a página 99.

Se tentar escapar, vá para a página 100.

70

Conselheiro de um rei malvado? De jeito nenhum! Você diz a ele que não quer se juntar a um tirano que não acredita no povo. Você diz sem rodeios que as pessoas estão infelizes e zangadas. Ele ri e manda você voltar para elas, se quiser. Avisa que o povo reclama de tudo e não trabalha.

Quando você volta para os seus amigos, vocês discutem sobre como derrubar o rei e os comparsas dele. Vocês fazem reuniões secretas e elaboram um plano. Mas, no dia da revolta, alguém descobre um vazamento na parede do vulcão do mundo subaquático. A civilização toda corre perigo. Todas as ideias de revolta são esquecidas. Os atlantes têm de impedir que o mar desabe sobre eles. Todo mundo trabalha em prol de um mesmo objetivo. Sobreviver é a meta.

Se decidir trabalhar com eles nesse momento de desastre iminente, vá para a página 97.

Se quiser se aproveitar dessa emergência para fugir, vá para a página 98.

71

As pessoas pegam carona em golfinhos, e você conheceu mergulhadores que afirmaram ter se segurado em baleias para ir de um lugar a outro. Parece maluquice, mas pode ser sua única maneira de fugir. Você sai do *Seeker*, nada até a baleia e se segura na barbatana. Com um movimento poderoso, o mamífero gigante se põe a nadar em direção à superfície. Você tem dificuldade para se segurar. A baleia irrompe na superfície e ali permanece, enchendo os pulmões de ar. Você se afasta devagar.

Você fica à deriva por dois ou três dias, cochilando e acordando. Permanece aquecido em sua roupa térmica de mergulho; as camadas de ar especiais fazem com que você não afunde. Você está com fome e sede, mas sem ferimentos, quando é localizado pelo helicóptero de busca boiando sobre as ondas.

FIM

72

O mundo é deles, mas você está disposto a ajudá-los com o plano para destronar o rei. Porém não quer fazer parte da revolta.

O planejamento envolve escolher novos líderes e estabelecer objetivos para as pessoas. Você quase decide se unir a eles na rebelião, mas quer voltar para o seu mundo. Quando o motim estiver ocorrendo, você espera conseguir fugir, voltar para o *Seeker* e subir bem depressa até a superfície.

No dia da revolta, você não consegue resistir à empolgação da corajosa iniciativa dos atlantes, então decide ficar com eles e ajudá-los como puder. O planejamento e o treinamento intenso acabam valendo a pena. O grupo de homens e mulheres cuidadosamente escolhido consegue capturar o rei e os guardas com facilidade. A revolta ocorreu sem que uma única gota de sangue fosse derramada, e as pessoas passam dias comemorando.

Os atlantes tratam você como se fosse um deles, e, pela primeira vez, você sente que é.

FIM

73

Você admite que simplesmente não sabe o que fazer. A baleia é assustadora e você não tem um plano de fuga. Então apenas espera, observa e ouve.

Depois do que parece muito tempo, mas que provavelmente não passa de poucos minutos, o submarino misterioso retorna, prende um cabo ao *Seeker* e arrasta você à superfície. Então ele desaparece sob as ondas e você permanece à espera do *Maray*.

FIM

74

Os elétrons giram em velocidade vertiginosa e você avança até chegar a um ponto em que seus instrumentos indicam que não existe mais tempo. O relógio digital para, o velocímetro para, seu coração para, mas ainda assim você está vivo. Todos os seus sentidos parecem mais vivos do que nunca.

Você está ciente de que há outros seres próximos a você. No entanto, ninguém entrou pela única escotilha. Ao se virar, você vê três atlantes. Sente que o *Seeker* é agora só um pensamento e que o povo de Atlântida entrou na sua mente e está a bordo do veículo. Você tenta invadir o pensamento deles, mas eles dizem que você não percorreu a jornada suficiente para se tornar um viajante de pensamentos.

Se tentar sair desse estranho mundo, vá para a página 80.

Se decidir viajar em pensamentos-tempo-espaço, vá para a página 81.

75

Não, você não vai continuar mergulhando em direção ao centro da terra. Quando atravessar a fina camada externa, você sabe que as regiões abaixo dela vão mudar de sólido para lava e então para um miolo duro. Pelo menos é essa a teoria dos geólogos. Você não sobreviveria a essa viagem. De qualquer modo, você acha bem provável que seu equipamento de sonar não esteja funcionando corretamente. O buraco é profundo, mas você não acredita que de fato chegue ao centro da terra. Você toma muito cuidado. Retorna à superfície para falar com os cientistas a bordo do *Maray*.

Os cientistas dizem que os instrumentos deles foram danificados, talvez por uma tempestade que se aproxima, e estão muito cautelosos. Decidem afastar o navio do local do buraco misterioso. A expedição se retira e você sabe que sua chance de descobrir Atlântida se foi.

FIM

76

Você já viveu aventuras demais até aqui. Viajar para outro planeta numa galáxia diferente parece ser um risco maior do que o que você está disposto a enfrentar. Além disso, você pode ir em outra oportunidade.

Você diz às pessoas que pretende ficar e trabalhar na sociedade delas. Talvez seu conhecimento sobre o mar possa lhes ser útil. Elas discutem muito seriamente seu caso por vários dias. Quando terminam de conversar, lhe oferecem algumas opções de trabalho em Atlântida. Você pode se tornar agricultor ou músico.

Se decidir se tornar agricultor subaquático, vá para a página 87.

Se quiser ser músico, vá para a página 89.

— Vou com vocês. Quero conhecer outras partes do universo.

— Parabéns. Você não vai se arrepender dessa decisão. Estamos prontos para partir.

Eles levam você a uma pequena sala e três deles ficam de pé ao seu lado, sob um forte feixe de luz. Você sente uma onda de velocidade, mas não está se movendo realmente. Você sente como se tivesse percorrido milhares de quilômetros no espaço. Vocês passam pelo Sol, pela Via Láctea e por outras galáxias. Ainda assim, você tem a impressão de que está de pé no mesmo ponto.

Então, você chega ao planeta Ager, de onde são os atlantes. É um mundo de formas fantásticas e plantas estranhas. A cidade brilha como milhares de holofotes. As formas, que parecem ser as construções do local, são luzes puras pulsando com energia. Nada é rígido nem afiado. Tudo é luz. Você não vê pessoas, apenas formas de luz mais claras que se movem. De repente, algumas das formas em movimento se transformam em atlantes.

— Nosso corpo não é importante. O que importa é a nossa energia. Você pode nos ver na forma corpórea se quiser, mas só a usamos para nos comunicar com pessoas como você. Você pode escolher continuar sendo como é ou aceitar a transformação.

Se decidir permanecer em seu corpo, vá para a página 86.

Se quiser ser transformado numa forma de energia, vá para a página 88.

78

Você vai tentar arrancar a portinhola das dobradiças com uma explosão. Você tem o poder. Seus dedos pressionam o botão vermelho que aciona o canhão de laser. Um flash cegante surge imediatamente, mas a portinhola permanece firme. Você atira mais e mais raios. Todas as vezes o *Seeker* balança com a força do canhão de laser. A energia refletida está avariando a embarcação. Você continua acionando o canhão, mantendo o dedo firme no botão.

Então, você vê um flash cegante dentro do veículo. O canhão de laser explode. Você e o *Seeker* são destruídos.

FIM

Não é bom usar a força, a menos que você seja atacado e tenha de se defender. Você se recusa a usar o canhão de laser; ele pode matar e certamente acabaria com qualquer chance de amizade. Você decide aguardar pacientemente e espera ser notado e convidado a entrar.

Durante seis horas, você permanece sentado à espera de um sinal. Um brilho verde vem da área à sua frente. Ele banha o *Seeker* com uma luz fraca. A escotilha se abre. Três figuras aparecem e fazem sinal para que você as siga.

Se decidir segui-las, vá para a página 90.

Se se recusar a segui-las, vá para a página 91.

80

Isso tudo é demais para você. Parece um pesadelo, e você deseja voltar. Mas voltar é muito mais difícil do que você esperava. Os elétrons giram ainda mais perto de você, como se fossem guardas impedindo sua partida. É difícil guiar o *Seeker* por esse emaranhado de átomos. Os equipamentos não servem de nada agora. As figuras de Atlântida desaparecem. De repente, você se vê preso na membrana elástica que antes quase o deteve. Ela gruda no *Seeker*, impedindo seu avanço. Você quer se livrar e voltar ao mundo no qual passou toda sua vida.

Você perde a consciência e acorda várias horas mais tarde com a roupa de mergulho, flutuando acima do buraco no fundo do mar. O *Seeker* se foi. Você está confuso. Será que sonhou com aquilo tudo? Aos poucos, você retorna à superfície, mas o *Maray* desapareceu. Você não sabe quanto tempo se passou. Você se dá conta de que a tripulação deve estar pensando que você está perdido para sempre, e você sabe que eles têm razão. As ondas levam seu corpo de um lado para o outro enquanto você flutua sozinho no mar amplo. Você sente que sua força está se esvaindo aos poucos.

FIM

Um viajante de pensamentos! Você se dá conta de que as pessoas fazem isso o tempo todo enquanto sonham acordadas. É claro que você quer ser um viajante de pensamentos, mas como?

Os atlantes falam suavemente e dizem a você que todas as coisas são iguais — passado, presente, futuro. Você precisa simplesmente se concentrar e colocar os pensamentos onde quer que eles fiquem.

Você tenta e surpreendentemente é levado pelo tempo ao dia em que nasceu e, então, ao dia em que fez seu primeiro mergulho. Sua mente passa de um tempo da sua vida para outro. Mas, quando o assunto é o futuro, você dá de cara com uma parede vazia. Não consegue viajar para o futuro.

— Por que não posso viajar para o futuro? — você pergunta aos atlantes.

— Tenha paciência — respondem eles. — Tudo a seu tempo.

De repente, você percorre rapidamente o tempo até as camadas externas do universo, onde consegue sentir a luz passando por você. Seu corpo não faz sombra. Você se sente tomado por uma sensação de paz

---

Se decidir abandonar a viagem de pensamentos
e voltar à vida na terra, vá para a página 96.

Senão, vá para a página 95.

82

Você tem uma pistola de laser para emergências. Você abre um buraco na parede do redemoinho e mergulha por ele. Então se depara com um cardume que parece confuso com o invasor desconhecido. Atrás dele, há um tubarão. Você nada lentamente em direção à superfície e o tubarão desaparece nas profundezas.

O *Maray* não está em lugar nenhum. Você está se perguntando quanto tempo terá de esperar quando um ruído alto o assusta. Uma enorme baleia saiu da água e boia perto de você, puxando o ar e fazendo muito barulho. Você demora cerca de meia hora para nadar até a enorme criatura. Ela não presta a menor atenção em você. Você sobe pela cauda e engatinha em direção ao ponto mais alto do dorso. É como escalar uma imensa rocha cinza.

Desse ponto de vista privilegiado, você consegue ver o *Maray* e o pequeno brilho de lentes de binóculos refletindo o sol. A tripulação está observando a baleia. Você acena, certo de que o viram. Não vai demorar muito até que venham resgatá-lo

FIM

83

Você desmaia e, quando recupera os sentidos, está flutuando na superfície do oceano. O mar está agitado e o sol incide sobre você. O redemoinho deve ter parado da mesma maneira rápida e misteriosa como surgiu. Você se sente zonzo e exausto e se move lentamente para ter certeza de que não quebrou nenhum osso. Quando mexe a cabeça devagar dentro do capacete, você sente uma forte dor na têmpora direita. Tem de continuar deitado, imóvel, e gradualmente seus ouvidos percebem a aproximação do helicóptero de busca. Você não ousa se mexer para olhar, mas, conforme os minutos passam, o barulho se torna mais alto e então desaparece lentamente. O helicóptero passou por você. Ele não vai voltar. A dor em sua têmpora aumenta. Você começa a perder a consciência.

FIM

84

As paredes do redemoinho parecem sólidas encostas subindo em direção à superfície. A água no centro parece totalmente calma. Você se pergunta se conseguiria nadar para cima por ali. Vale a pena tentar, e você começa. Antes de saber se está progredindo, o redemoinho se inverte e, em vez de rodar para baixo, roda para cima — e assim o lança para fora da água, no ar. Você cai de volta na superfície do oceano, perto do *Maray*. Apesar de estar aturdido pela queda, você rapidamente recupera os sentidos e é resgatado pelo navio. É claro que ninguém acredita na sua história, mas até você a considera fantástica demais para ter acontecido.

FIM

85

Há uma pequena escotilha de metal no chão do oceano. Você a puxa com toda a força, mas ela não abre. Você descansa por um instante e olha através da parede de água ao seu redor. Dois peixes o encaram! É como se você estivesse num aquário, servindo de atração para os peixes.

A escotilha se abre e uma voz manda você entrar. Com medo e cautela, você desce por um corredor que leva a uma pequena sala. Três pessoas o recebem.

Vá para a página 45.

86

Você não pode simplesmente abrir mão do seu corpo. Pode ser normal para os atlantes se mover como energia pura, mas você não está disposto a arriscar o que você é pelo que eles são.

É estranho andar por aí como uma bola brilhante de energia. Eles pedem a você para contar às pessoas sobre a vida na terra, para expor o que sabe, e você concorda. Durante dois anos, você se encontra com os atlantes em forma de energia e fala sobre a terra, sobre como as pessoas vivem e o que fazem. Eles têm interesse em todos os aspectos da vida terrestre: tecnologia, política, guerras, religião.

Você pergunta o porquê, mas eles nunca lhe dão uma resposta direta. Então, um dia, você olha para si mesmo e só vê a energia clara e brilhante. Horrorizado, você percebe que se tornou um deles.

FIM

A agricultura no mar é algo que você aprecia. Fora de Atlântida, existem campos de plantas marítimas que recebem cuidados como se fossem os jardins na terra. Os atlantes saem todos os dias e tratam das plantas e dos campos, afastando os peixes que adoram mordiscar vegetais em crescimento. Também é preciso trabalhar nos criadouros de peixes, que são cultivados até que sirvam de alimento. Cuidar das plantas marinhas é um trabalho muito bonito e muito mais fácil do que você imaginava. Mas o perigo se aproxima na forma de arraias, serpentes-do-mar e tubarões, que aparecem de vez em quando. Você precisa estar atento o tempo todo.

FIM

88

Você está no mundo de Atlântida, por que não se tornar um deles? Ao olhar para as próprias mãos, você vê que gradualmente elas começam a brilhar com uma luz quente e amarela. Pouco a pouco, o brilho sobe para os seus braços e desce até as pernas, até que, de repente, seu corpo todo desaparece. Você se tornou uma forma de energia brilhante. Você ganha uma sensação de liberdade e felicidade nunca antes experimentada. Pode flutuar, voar e se aproximar de onde quiser. Não há parede que o impeça, você passa por elas. Não precisa de comida nem de descanso; pode viajar pelo tempo e voltar para a terra num átimo em sua nova forma.

Você sente que é assim que deseja ser.

FIM

Um músico no mundo de Atlântida? Quem acreditaria nisso? Pedem a você que escolha um instrumento para tocar. Você analisa alaúdes aquáticos, tambores do mar, flautas de osso de tubarão e uma grande variedade de instrumentos eletrônicos. Escolhe um destes últimos, mas ele não produz som nenhum. Os atlantes dizem a você que ele toca uma música que as pessoas sentem em vez de ouvir. Que mundo incrível é esse em que você está vivendo! Quem poderia imaginar uma música que não é ouvida? Aos poucos, você aprende a sentir as diferentes notas com partes do seu corpo: suas coxas, peito, têmporas e ponta dos dedos. Seu interesse nessa nova maneira de sentir a música cresce a cada dia. Você domina essa nova forma de arte. Torna-se o maior músico de Atlântida.

FIM

90

As pessoas levam você a uma sala de controle. Ali você encontra o comandante de um centro científico subaquático que está realizando uma pesquisa secreta sobre a vida marítima. Eles informam que foi bom você não ter usado seu canhão de laser, porque eles têm equipamentos antilaser que teriam feito você e o *Seeker* em pedacinhos. Depois de uma agradável refeição e um passeio pelo laboratório, você é enviado de volta ao *Seeker* para retornar à superfície. Eles pedem que você nunca mais volte. Se voltar, será feito prisioneiro pelo resto da vida.

FIM

91

Quando você se recusa a segui-las, elas pegam pequenos hipnotizadores de mão que o colocam num estado de transe profundo. Você é levado por um túnel comprido para um grande laboratório. Três técnicos militares se aproximam e tiram você do transe.

— Você entrou numa base militar secreta. Estamos desenvolvendo muitos planos confidenciais e não podemos correr o risco de ser descobertos. Você será nosso prisioneiro.

Não há como escapar.

FIM

92

Você reflete por semanas e finalmente decide voltar a Atlântida. Está com tanta pressa que contrata um aerobarco para levá-lo ao ponto no mar onde está a cidade perdida. Quando chega ao local, você pretende mergulhar sem nenhum veículo! Você sabe que um mergulho de seiscentos metros é impossível, mas não se importa. Precisa ao menos tentar.

Uma tempestade toma o mar por seis dias, e, quando passa, você se prepara para o mergulho. Assim que entra na água, você olha para o céu e, acima das nuvens, vê a cidade brilhante de Atlântida. Não será preciso mergulhar.

FIM

93

Durante a noite, você é despertado por sussurros. Prestando atenção, você percebe que um grupo de Nodoors está planejando uma fuga. Eles querem se unir aos atlantes. Acreditam que a vida em Atlântida pode ser melhor para eles. Você se une ao grupo e ouve histórias de medo e escuridão. Eles procuram luz e amizade. Parece simples, mas nada é tão fácil.

Uá para a próxima página.

94

De repente, a porta se abre. Três guardas empunhando armas especiais entram correndo. Eles atiram, e, com um forte flash de luz, você e seus companheiros são vaporizados.

FIM

Mil anos de viagens por pensamentos mais tarde, você é chamado na sala de pensamento principal.

— Muito bem, humano. Agora você pode voltar ao seu mundo, se desejar.

Com profundo alívio, você retorna. Grandes surpresas o aguardam. As maiores cidades do mundo — Nova York, Londres, Paris e Hong Kong — estão cobertas por vegetação. As estradas que levam às cidades mal podem ser vistas. Mas você encontra sinais de novos assentamentos. Há conjuntos de prédios espalhados no campo. Não se vê nenhuma chaminé. Há poucas estradas e nenhum carro. As pessoas levam uma vida simples, trabalhando por comida, abrigo e roupas. Você quer se unir a elas.

FIM

96

Um dia, seus amigos dizem que você pode voltar à terra, se quiser. Você pensa com cuidado na proposta e decide que, por causa da sua capacidade de viajar em pensamentos, a vida que tem agora é a que deseja manter. Você decide ficar para sempre onde está.

FIM

Anos atrás, os atlantes haviam elaborado procedimentos de emergência, mas a maioria das pessoas se esqueceu deles. Uma idosa lembra onde eram mantidos as instruções e os equipamentos de emergência.

Você e os atlantes trabalham sem parar por setenta e duas horas, drenando a água da inundação e construindo uma parede de retenção especial ao redor da fissura vulcânica.

Por fim, a última gota de água é drenada. Vocês todos estão exaustos, mas venceram a batalha contra o mar.

FIM

98

Com todos preocupados com a invasão do mar, ninguém vai notar se você tentar escapar. Você percorre um corredor comprido e pouco usado que leva ao oceano. A porta de saída é pesada e está enferrujada pela falta de uso. Você a empurra com toda a força e por fim consegue abri-la, chegando a uma câmara pressurizada que desemboca na água. Você aperta o botão de emergência, a câmara se abre e você é jogado no mar. O *Seeker* está ali. Você entra no veículo e segue para a superfície, onde o *Maray* o aguarda.

FIM

Não adianta tentar escapar dos soldados. Você está cercado. Eles o levam ao rei, que, com tristeza, diz que você é como os outros. Ele não pode confiar em ninguém. Ele terá de decidir o que fazer com você. Enquanto isso, decide jogá-lo numa masmorra.

FIM

100

Como você pode escapar? Os soldados estão vindo pegá-lo. Você grita o mais alto que consegue:

— Socorro!

Todos no teatro cercam você, formando uma barreira contra os soldados, que olham para as pessoas, hesitam e fogem rapidamente. Eles sabem que têm pouca chance de vencer uma briga assim.

As pessoas gritam para que a revolta continue. A multidão sai do teatro e se dirige ao castelo. Durante o percurso, mais pessoas se unem ao grupo e até mesmo os soldados do rei resolvem aderir.

Você e o povo estão livres; o rei é preso. A revolta é um sucesso.

FIM

{ TESTE }

Se você encontrou Atlântida ou ficou preso no oceano, teste seus conhecimentos sobre o livro *Viagem ao fundo mar*:

1) Qual é o nome do seu veículo submarino?
   a. *Seeker*
   b. *Explorer*
   c. *Boat*
   d. *Maray*

2) O que ataca seu veículo depois que você deixa o *Maray*?
   a. Um enorme tubarão
   b. Um cardume de atuns
   c. Uma baleia assassina
   d. Uma lula gigante

3) Que criatura do mar é muito útil ao salvá-lo de uma lula gigante e mortal?
   a. Uma tartaruga marinha
   b. Um golfinho
   c. Uma camada de plâncton
   d. Uma foca

4) Ao explorar uma gruta no fundo do mar, o que você encontra?
   a. Uma linda concha
   b. Três anéis de ouro
   c. Um filhote de lontra
   d. Um submarino

5) Quem é o líder de Atlântida?
   a. Um rei cruel
   b. Uma jovem rainha
   c. Um príncipe tolo
   d. O presidente dos Estados Unidos

6) Quais são os dois grupos que habitam Atlântida?
   a. As pessoas-peixe e as pessoas-tubarão
   b. Os atenienses e os romanos
   c. Os Nodoors e os atlantes
   d. Os Nodores e os atleticanos

7) Como os habitantes de Atlântida conseguem respirar debaixo d'água?
   a. Carregam cilindros de oxigênio para todo lado.
   b. Passam por uma cirurgia que lhes permite respirar sob a água.
   c. Conseguem prender a respiração por muito tempo.
   d. Eles são peixes na verdade, não pessoas.

8) O que são ânforas?
   a. As roupas que os atlantes usam.
   b. Um tipo de criatura do mar que vive em Atlântida.
   c. Vasos de barro, que guardavam anteriormente óleos e vinhos, e que você encontra dentro de um navio naufragado.
   d. Pequenos cavalos-marinhos que seguem você para todo lado e puxam seu cabelo.

9) O que é um peixe-lua?
   a. Um peixe enorme e horroroso que nem perde tempo mastigando suas vítimas.
   b. Um peixe que só pode ser visto sob a luz do luar.
   c. Um peixe gordo, branco e redondo.
   d. Um peixe que só aparece à noite.

10) Que equipamento especial o *Seeker* possui?
    a. Um ímã fortíssimo preso no fundo do veículo, que coleta objetos metálicos.
    b. Um canhão de laser poderoso, que consegue furar metal.
    c. Uma cobertura de metal brilhante, que o faz ser invencível.
    d. Uma máquina de algodão-doce!

Respostas: 1-a; 2-d; 3-b; 4-d; 5-a; 6-c; 7-b; 8-c; 9-a; 10-b.

{SOBRE O AUTOR}

R. A. Montgomery já caminhou pelo Himalaia, escalou montanhas na Europa, mergulhou na América Central e trabalhou na África. Ele morava na França no inverno, viajava com frequência para a Ásia e considerava Vermont, nos Estados Unidos, seu lar.

Montgomery se formou no Williams College e fez pós-graduação na Universidade de Yale e na Universidade de Nova York. Entre seus interesses estavam macroeconomia, geopolítica, mitologia, história, livros de suspense e música.

Ele teve dois filhos, uma nora e duas netas. Sua esposa, Shannon Gilligan, é escritora e designer de jogos interativos. Montgomery, falecido em 9 de novembro de 2014, acreditava que a geração de pessoas até quinze anos é o maior bem do nosso mundo.

A coleção Escolha sua Aventura traz de volta
os divertidos livros interativos, em que o leitor
deve fazer escolhas a cada página, sendo
direcionado a diferentes enredos possíveis.

Conheça a coleção:

AO ESPAÇO E ALÉM

O ABOMINÁVEL HOMEM DAS NEVES

O SEGREDO DOS NINJAS